おはなし日本文化

短歌・俳句《はいく》

月曜倶楽部《クラブ》へようこそ！

森埜《もりの》こみち 作

くりたゆき 絵

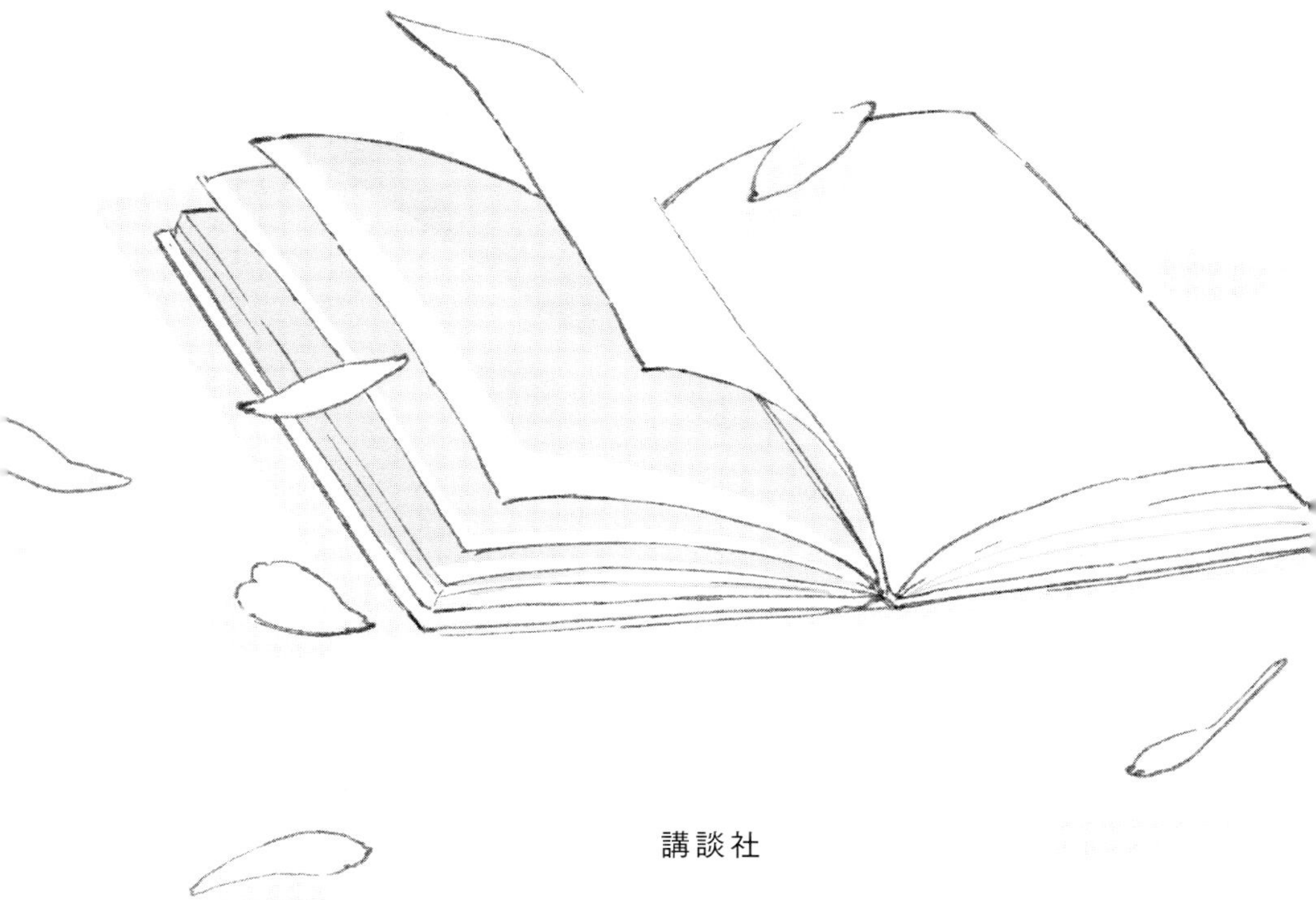

講談社

二十分休み終了《しゅうりょう》のチャイムが鳴《な》り響《ひび》いている。やべっ。間に合わねえかも。校庭で、サッカーの一対一をしていたぼくらは、ボールを用具室に入れると、全力で走った。昇降口《しょうこうぐち》で上履《うわば》きにはきかえて、階段《かいだん》を駆《か》け上《あ》がる。これは、ほんとにやべえ。だれもいねえじゃん。

六年三組の後ろの扉《とびら》をそっと開けた。

みんなの視線《しせん》がいっせいにこっちを向く。もちろん先生の視線《しせん》もだ。

「柊《ひいらぎ》くん、大山《おおやま》くん、なぜ遅《おく》れたのですか？」

ぼくの名前は柊律《りつ》。名前はかっこいい

のにねと、よく言われる。反論《はんろん》はしない。できない。どっからどう見ても、ぼくはごくごくふつうの男子だ。得意《とくい》なものはサッカーくらい。それだって、クラブチームに入っているやつらにはかなわない。そして大山は源太《げんた》の苗字《みょうじ》。ぼくらは、遅《おく》れた理由をもごもごと答え、先生にたっぷり絞《しぼ》られた。時間にすれば、たぶん一分。されど一分。じゅうぶん長かった。

「席につくように」

くすくすという笑い声のなかを腰《こし》をかがめて抜《ぬ》け、自分の席にすわる。

うめやなぎ…………遊《あそ》び……

くすくすのなかから詩音《しおん》ちゃんの声が聞こえた。小さな声だ。でも、ぼくの耳はとらえた。だって詩音ちゃんは、通路をはさんで隣《となり》の席の、ぼくの大好きな子だから。詩音ちゃんをちらりと見ると、にこっと笑った。ずっきゅうううううううううん。いまの、ぼくに向けられた笑顔《えがお》だよね？　胸《むね》のなかが、じゅわあっと熱くなる。

授業中《じゅぎょうちゅう》何度も、じゅわあっをかみしめた。

でも、詩音ちゃん、なんて言ったんだろ？

休み時間になると、源太の腕《うで》をつかんで廊下《ろうか》に連れ出した。

「ぼくらが先生に怒《おこ》られたあと、みんな、くすくす笑ったじゃん。そのとき、中原《なかはら》が、なんか言ったんだよ。うめやなぎ……、遊び……、とか、なんとか。なあ、なんて言ったか、わかるか？」

中原っていうのは詩音ちゃんの苗字《みょうじ》だ。

「わかるわけねえだろ。律よ、俺《おれ》じゃなく、本人にきけ」

源太は外見も中身もどことなく親方っぽいのだが、ぼくを諭《さと》すような口調で言う。それができないから、おまえにきいてんだろ、ということばは飲《の》み込《こ》み、声をおさえて訴《うった》えた。

「中原、そのあと、にこっと笑ったんだ。なあ、なんて言ったと思う？」

「しょうがねえなあ」

源太はぼくを置いて、詩音ちゃんのところに行った。

「さっき、なんて言ったの？　うめやなぎ……、遊び……、とか、なんとか。律が知りたがってる」

あせった。源太に望んだのはそういうことじゃない。代わりにきいてもらうって、超《ちょう》かっこわりいじゃん。

詩音ちゃんは、すぐに気づいて、教えてくれた。

梅柳《うめやなぎ》過《す》ぐらく惜《お》しみ佐保《さほ》の内《うち》に遊《あそ》びしことを宮《みや》もとどろに

呪文《じゅもん》のようなことばだった。ぼくにはさっぱりわからない。

ところが源太にはわかったらしい。

「万葉集《まんようしゅう》？」

そうしたら詩音ちゃん、目を見開くようにして、にっこりしたんだ。

雲ひとつない青空のようなにっこり。

にこっ、のはるか上空を行く、にっこり。

そんなにっこりを、源太に……。

ぼくのこころは天上界から地上にすとんと落ちた。地底まで落ちずにすんだのは、ぼく

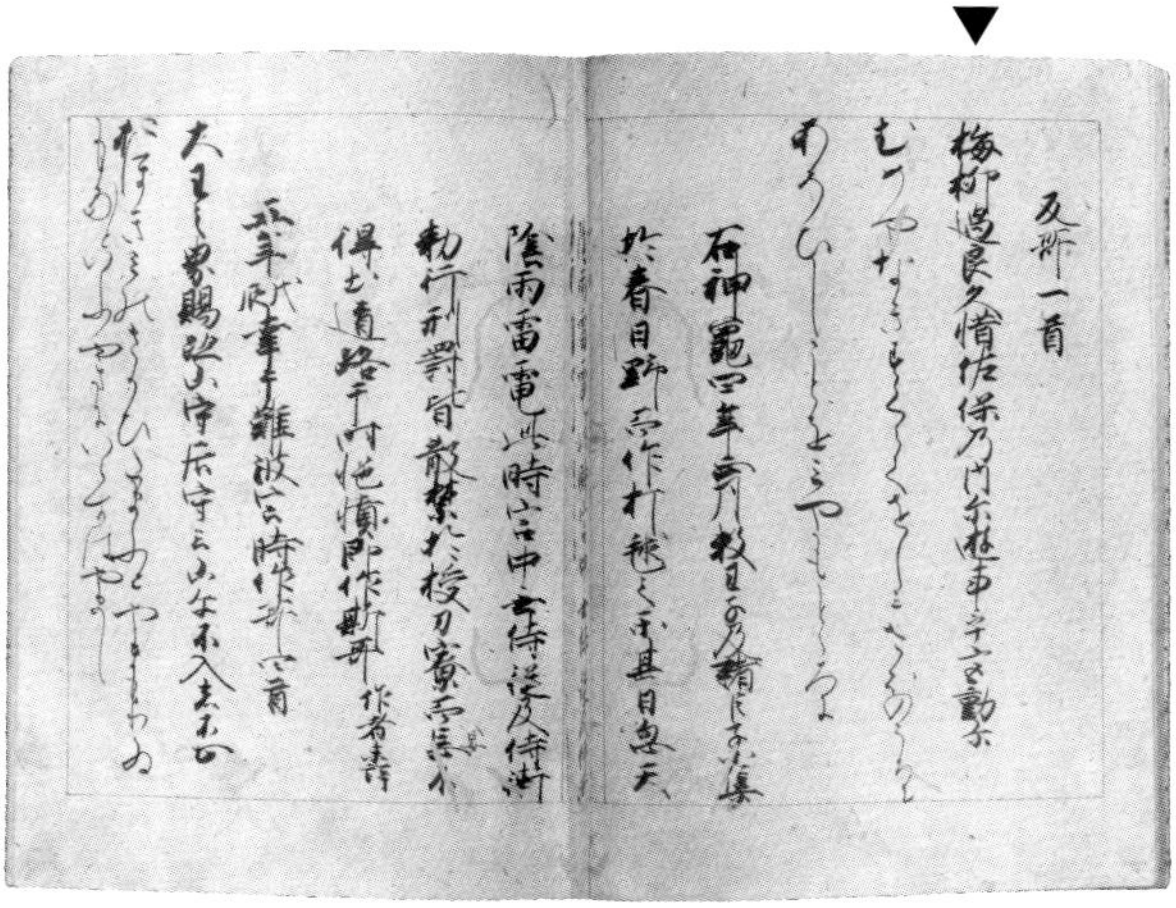

『万葉集』は、奈良時代末期にまとめられたとみられる、現存《げんそん》する日本最古の歌集。全 20 巻《かん》に、天皇《てんのう》・貴族《きぞく》から下級役人・農民などさまざまな身分の人が詠《うた》った約 4500 首の歌が収《おさ》められている。現在《げんざい》残されている『万葉集』は、平安時代以降《いこう》に書き写されたもの（写本）で、写真は、「元暦校本《げんりゃくこうほん》」と呼《よ》ばれる写本。▼印に「梅柳《うめやなぎ》……」の歌が書かれている。

出典：ColBase（https://colbase.nich.go.jp/）

にも、にこっ、があったからだ。

帰り道、源太につめ寄《よ》った。

「万葉集って、なんだよ？」

「昔のひとがつくった歌集。万葉集の歌の石碑《せきひ》っていうのもあるんだよ。えっと」

思い出そうとする源太をとめた。この手の話になると、源太の口はとまらなくなる。一種の石オタってやつだ。石そのものが好きで、石碑《せきひ》にも興味《きょうみ》がある。信じられないことに、どこにどんな石碑《せきひ》があるか、あいつの頭のなかには入ってるんだ。だって、石だぜ。

石に刻《きざ》むって、そうとうだぜ。そこまでして刻《きざ》むからには、重要なことがそこにあるってことだろ？　というのが源太の言い分で、それはそうかもしれないが、だからといって、あんなものに夢中《むちゅう》になる気持ちはさっぱりわからない。

「で、あの歌、どういう意味なの？」

ぼくは呪文《じゅもん》のようなことばを思《おも》い浮《う》かべた。

「意味はわかんねえよ。万葉集っぽいと思っただけだから」

なんだよ。意味がわかんなきゃ意味ねえじゃん。

源太がまぶたを半分とじる。

「けど、あの中原が言ったんだから、なんかあるよな」

そう。そうなのだ。詩音ちゃんは、いつもぴったりなことばをもっている。こういうのなんて言ったらいいんだろう、うまく言えないというとき、女子は詩音ちゃんを見る。男子もときどき見る。詩音ちゃんはいつだって、はにかんだようにして答えてくれる。こうかなって。

ぼくはその夜、姉ちゃんにきいた。うろ覚えのことばをならべ、万葉集にあるらしいんだけれど、意味はなにかと。国文学というのを大学で学んでいる姉ちゃんには、すぐにわかった。

梅柳《うめやなぎ》過《す》ぐらく惜《お》しみ佐保《さほ》の内《うち》に遊《あそ》びしことを宮《みや》もとどろに

「そう、それだ」

さすが姉ちゃん、ということばもそえた。

「どういう意味？」

「なんでこの歌の意味を知りたいわけ？　というか、なんでこんな歌をあんたが知ってるわけ？」

「んなこと、どうだっていいだろ」

「そう？　なら、教えない」

クソ姉貴《あねき》。

「隣《となり》の席の子が言ったんだよ」

姉ちゃんは、ふうん、とぼくを見る。

「律、あんたなんか隠《かく》してるでしょ。全部言いなさい、全部。じゃなきゃ教えてあげない」

しかたなく、学校でのできごとを教えた。

姉ちゃんは、ぼくと源太が先生に叱《しか》られたところでふっと鼻で笑い、全部話し終えたところで、目をきらりとさせた。

「その子やるじゃない」

「話したから教えてよ。どういう意味？」

「意訳《いやく》をするわよ。その子が言おうとしたのは、だいたいこんなこと。春が過《す》ぎようとしているのに、じっとしているのはもったいないわよね。なのに、サッカーをしていたくらいで教室は大騒《おおさわ》ぎ」

詩音ちゃん、あのとき、そんなことを言ったんだ。言ってくれたんだ。そしてぼくに、にこっとしてくれたのか。じんわりとうれしくなる。ぼくは、なんとかその歌を覚えようとした。

梅柳《うめやなぎ》過《す》ぐらく惜《お》しみ佐保《さほ》の内《うち》に遊《あそ》びしことを宮《みや》もとどろに

「姉ちゃん、春とか、サッカーとか、教室とか、そんなことば、どこにもねえじゃん？」

「だから意訳《いやく》をしたって言ったでしょ。梅の花が咲《さ》くのは春、柳《やなぎ》の葉がきれいな緑になるのも春、そんな春が過《す》ぎていくのは惜《お》しい。佐保《さほ》というのは地名。

この歌を、だれがつくったかはわからないけど、遊《あそ》びしことの中身はわかっている。打毬《だきゅう》。馬に乗って走りながら、杖《つえ》で毬《まり》を打って、自分たちのゴールに入れる遊び。二組に分かれてね。だからまあ、サッカーと言っても当たらずといえども遠からず。宮は天皇《てんのう》のいる宮中のことで、たくさんのお役人が働いていたところ。で、あんたにとっての宮とは教室。以上」

ふうん。それは、つまり。

「昔のひとも、サボって遊んだということ？」

「そういうこと。あんたと同じようなひとがいて、宮中でのしごとをほっぽらかして遊んだ。それをだれかが歌に詠《よ》んだ。みんな、くすっとしたでしょ

うね。人間のやることなんて、いまも昔も、さして変わらないのよ」

いったい、どんなやつだろう。ぼくはサボったそいつに深く共感する。

翌日《よくじつ》、源太に歌の意味を教えてやった。

「へええ」

感心しているのが顔を見ればわかる。もちろん、姉ちゃんにではない。詩音ちゃんにだ。そしてつぶやいた。

「その歌、石碑《せきひ》にして校庭に置いておきてえ」

ぼくはひひひひと笑った。いいじゃん、それ、すっげえいい。


ぼくらは二十分休みに校庭に出ることは自粛《じしゅく》し、机《つくえ》の上でサッカーをした。消しゴムを指ではじいて、鉛筆《えんぴつ》で印をつけたゴールに入れるやつ。ゴール以外の場所から消しゴムが落ちたらペナルティーがあり、まあ、それなりに面白《おもしろ》い。

ぼくらの近くで女子がなにをしていたかといえば、恋《こい》バナだ。中心にいるのはこのクラスのアイドル、カンナちゃん。おそらく男子のほとんどはカンナちゃんのことが好きで、源太もそのひとりだった。でも五年生の終わりごろ、クラスに激震《げきしん》が走った。カンナちゃんが同じ塾《じゅく》の男子とつきあい始めたって。

ほかのやつらもだが、源太もかなりショックを受けたのだろう。給食を食べているときも、こころここにあらずで、空になった椀《わん》のなかをスプーンですくおうとしていた。

「だいじょうぶか?」

声をかけたぼくに、源太は弱弱しくつぶやいた。

「あんま、だいじょうぶじゃねえ」

源太が弱音をはくなんて、めったにあることじゃなかった。

そしていま、カンナちゃんたちは肩《かた》を寄《よ》せあって、ひそひそとではあるけれど、熱く語りあっている。ときどき話し声が大きくなるから、内容《ないよう》は想像《そうぞう》がついた。カンナちゃんの何度目かになるデートの話だ。デートなんて、カンナちゃん以外のだれもしたことがないから、話の輪はうずうずするような好奇心《こうきしん》で、そこだけ温度が高くなっているように見える。そして、その輪のなかに詩音ちゃんの姿《すがた》もある。詩音ちゃんとカンナちゃんは、まあまあの仲良しだ。詩音ちゃんの好きなひとは、いったいだれだろう。知りたい気もするし、知りたくない気もする。

カンナちゃんの切なそうな声が聞こえてきた。

「ねえ、詩音ちゃん。この気持ち、なんて言ったらいい？」

話の輪は静まった。みんな息をつめるようにして、詩音ちゃんを見ているんだろう。ぼくも思わず耳を澄《す》ませた。

これは河野裕子《かわのゆうこ》さんの短歌なんだけど、と詩音ちゃんは前置きをして、ゆっくりとこう言った。この歌が旧仮名遣《きゅうかなづか》いで書かれていることをぼくが知ったのは、あとになってからだけど、こう。

たとへば君《きみ》　ガサッと落葉《おちば》すくふやうに私《わたし》をさらつて行《い》つてはくれぬか

詩音ちゃんは二度繰《く》り返《かえ》した。ほんの少しの考える間をおいて、小さな輪から、きゃあああという声があがった。肩《かた》を押《お》したり、たたいたり。落ち葉をすくう真似《まね》をして、ねえ、こう？　こんな感じ？　と、きゃあきゃあ笑いあっている。

源太を見れば、口をへの字にしていた。

だよな。やっぱり、こころは痛《いた》むよな。源太の気持ちを考え、ぼくも同じように口を曲げ、なにをきゃあきゃあ騒《さわ》いでいるんだという顔をつくった。

でもほんとうは、わけのわからないものに圧倒《あっとう》されていた。

あとになってから思ったことだけど、このときぼくが圧倒《あっとう》されたのは、恋《こい》する気持ちの強さみたいなもので、そんな恋《こい》する気持ちを、もののみごとにカタチにすることばのちからで、そして、そんなことばをさらりと口にする詩音ちゃんへの驚《おどろ》き。たぶん、そういうものだったと思う。とにかくそれは、ぼくにとって衝撃《しょうげき》だった。

昼休み、ひとりで図書室に行ってみた。本好きそうな生徒が十人くらいいたけれど、混《こ》んでいるわけではない。ぼくは本棚《ほんだな》を探《さが》した。短歌だよな、短歌と口のなかで繰《く》り返《かえ》しながら。やっと見つけたそれらしき棚《たな》は「詩歌《しいか》」の棚《たな》で、でも、そこにあるのは詩の本と俳句《はいく》の本が数えるほどだった。

カウンターに図書室の先生がいたから、きいてみた。

「短歌の本はないんですか？」

「短歌ね……。置きたいと思うんだけど、まだないの。小学生にはちょっと難《むずか》しいかなと思って。でも、きみだけじゃないのよ、興味《きょうみ》をもっているのは。もうずいぶんまえになるけれど、同じように短歌の本はありませんかときかれたことがあるから」

「それ、女子ですか？」

詩音ちゃんだと思った。

「そう。もしかしたら、きみと同じ学年かもしれない」

やっぱり詩音ちゃんだ。

「短歌の本の購入《こうにゅう》は考えておくわね。でも、すぐには難《むずか》しいと思う。ねえ、俳句《はいく》も楽しいわよ。短歌と俳句《はいく》は姉と弟のようなものだし」

先生が熱心に俳句《はいく》の楽しさを語るから、ぼくは一冊《さつ》だけ、俳句《はいく》の本を借りることにした。

「あ、いい本選んだわね。その本、前半は俳句《はいく》のつくりかたで、後半は名句《めいく》の鑑賞《かんしょう》でしょ。両方、読んでね。いい俳句《はいく》をつくるには、名句《めいく》をたくさんあじわうに限《かぎ》るから」

ぼくは借りた本を家で読みふけった。自分でも驚《おどろ》くほど、夢中《むちゅう》になって読んだ。俳句《はいく》についてわかったことがある。ひとつは、俳句《はいく》は五・七・五の十七音であること。もうひとつは、季語という季節を表すことばを入れること。このふたつが、俳句《はいく》をつくるときのルール。まあ、ここまでは、なんと

なく知っていた。たぶん授業《じゅぎょう》で習ったんだろうな。でも、そうじゃないものもあるってことを本で知った。たとえば、これ。

咳《せき》をしても一人《ひとり》　尾崎放哉《おざきほうさい》

ひとり感が半端《はんぱ》なくて、おまけに一度耳にしたらもう忘《わす》れられない。

五・七・五じゃないことは見ただけでわかる。指を折って数えてみれば九音だから、八音足すことができる。だけど、いったいどんなことばを足せるだろう。これは、もう、これ。決まりだ。自由律俳句《じゆうりつはいく》というのだそうだ。

休み時間、源太がやってきたから、つぶやいた。

「友がいても一人」

源太がわずかにまぶたをおろす。

「律よ、俺《おれ》しか友だちがいないのか？」

いや、そういうわけじゃない。

「律、悩《なや》むまえに飯を食え。食えば、ものごとが違《ちが》って見えるから」

朝飯なら食ってきた。

「飯を食っても一人」

つぶやいた。

源太は、さらにまぶたをおろした。

「食ったが、出してないのか？」

出してきた。

「クソをしても一人」

うん。これがいちばん近いかな。体感的に。でもクソを出すんじゃ、きょうも元気ですって感じだよな。

「律よ、おまえ、いったい、どうした？」

ぼくは図書室から借りた本を机《つくえ》のなかから出した。

「このなかに、かっこいい句《く》があったんだ」

ページを開いて尾崎放哉《おざきほうさい》の句《く》を見せたが、源太の反応《はんのう》は鈍《にぶ》かった。咳《せき》をしても一人のときなら俺《おれ》にだってある、と。まあ、言われてみれば、そうか。ぼくにだって、そんなときはある。ならどうしてぼくは、この句《く》をかっこいいと思ったんだろう。説明できなくて、つい、詩音ちゃんを見てしまった。

驚《おどろ》いたことに、目が合った。

「ふたりが俳句《はいく》の話をしてたから」

詩音ちゃんはにこっとすると、はにかんだように言った。

「たぶん尾崎放哉《おざきほうさい》は、なにをしていてもひとりを感じたんだと思う。たまに感じたんじゃなく、いつも感じていたんだと思う」

あ、そうかと思った。咳《せき》をしても一人、はそういうことだと。

源太はぴんとこない顔をしたままだったから、おまえにはこっちだなと、石碑《せきひ》の写真が載《の》っているページを開いて見せた。案の定、食い入るように見た。

「下のほうに人物が彫《ほ》ってあるよな。着物着て、こっちを向いてすわってる。石に姿《すがた》が彫《ほ》られるって、いったい、これ、だれだ？」

「松尾芭蕉《まつおばしょう》」

「だれだっけ、それ？」

「俳句界《はいくかい》のレジェンド」

レジェンドと言ったのは、本を読んで、なんとなくそう感じたからだ。

素盞雄神社《すさのおじんじゃ》（東京都荒川区《あらかわく》）にある松尾芭蕉《まつおばしょう》の句碑《くひ》。

サッカーでいえばペレというところか。ペレなんか、名前しか知らないけど。詩音ちゃんを見ると、にこっとしたから、レジェンドという点は間《ま》違《ちが》っていなさそうだ。

源太はふたたび写真に目をやった。やっぱり源太だな。ぼくはその写真を見ても、なんにも感じなかった。その姿《すがた》が松尾芭蕉《まつおばしょう》だとわかっても、おっさん、もしくはじいさん、と思っただけだ。でも、その石碑《せきひ》に刻《きざ》まれているという芭蕉《ばしょう》の句《く》には、こころをつかまれた。まるで、耳元でささやかれたように、ことばがからだのなかに入ってきたんだ。尾崎放哉《おざきほうさい》の句《く》と同じくらい、ぼくはその句《く》に惹《ひ》かれた。

行《ゆ》く春《はる》や鳥《とり》啼《な》き魚《うお》の目《め》は泪《なみだ》

「その石碑《せきひ》に刻《きざ》まれている句《く》。魚《うお》の目《め》は泪《なみだ》ってとこが、すごくね？」

源太に言った。

「うおって読むのか？　さかな、じゃなくて？」

「うお。じゃないと、十七音にならない」

源太は指を折った。

「ほんとだ」

「それに、さかなって言えば、食べる魚が思《おも》い浮《う》かぶだろ。でも、うおって言えば、水に棲《す》んでる生きものって感じがするじゃん」

と、ぼくは思う。源太はそれには答えず、まだ指を折っている。

「五・七・五ってことは、行《ゆ》く春《はる》や・鳥《とり》啼《な》き魚《うお》の・目《め》は泪《なみだ》、だよな。なんか、変じゃねえか」

言われて気がついた。意味の切れ目は、行《ゆ》く春《はる》や・鳥《とり》啼《な》き・魚《うお》の目《め》は泪《なみだ》、だ。五・七・五じゃなく、五・四・八になっている。

「読むときは、こうなるんだと思う」

行《ゆ》く春《はる》や　鳥《とり》啼《な》き魚《うお》の目《め》は泪《なみだ》

詩音ちゃんが、ぼくらのほうに身をのりだして言った。

「五・七・五じゃないけど、リズムはいいよ」

ぼくと源太は口のなかでつぶやいた。たしかに、行《ゆ》く春《はる》や、で切って、あとを続けるとリズムはいい。リズムがよければ、五・七・五じゃなくてもいいのか。レジェンド芭蕉《ばしょう》の句《く》だもんな。駄目《だめ》なわけがない。

「わたしもこの句《く》が好き。芭蕉《ばしょう》の句《く》のなかで、いちばん好きかも。律くんと同じ。魚《うお》の目《め》は泪《なみだ》ってところが、好き」

詩音ちゃんがそんなことを言うなんて思ってもみなかったから、ぼくはすっかり舞《ま》い上《あ》がり、なんて答えていいかわからなかった。

源太がもそもそとたずねた。

「魚って、涙《なみだ》、流すの？」

「流さないと思う。でも、鳥啼《とりな》き魚《うお》の目《め》は泪《なみだ》、ということばでしか伝えられないものがあると思う。なんて言うのかな。とても透明《とうめい》な悲しみのようなもの」

「わかる」

ぼくは詩音ちゃんを見た。魚《うお》の目《め》は泪《なみだ》、はリアルじゃないのに、リアル以上にぐっとくるんだ。

詩音ちゃんも、ぼくの目を見た。真剣《しんけん》な目だった。

「芭蕉《ばしょう》って、江戸《えど》時代のひとだよね。でも、そんな遠い昔のひとのことばだなんて思えない」

「うん」

芭蕉《ばしょう》が江戸《えど》時代のひととは知らなかったけど、ぼくよりはるかまえに生きたひとの気持ちというか、感覚というか、そんなものが、するりと自分のなかに入ってきたことに驚《おどろ》いた。

「律くんは、どんな景色が浮《う》かんだ？」

詩音ちゃんにきかれて、ぼくはことばにつまった。ぼくの目に浮《う》かんだのは、魚《さかな》の目に泪《なみだ》がたまったところだけだったから。

行《ゆ》く春《はる》や鳥《とり》啼《な》き魚《うお》の目《め》は泪《なみだ》

「行《ゆ》く春《はる》や、は、ああ春が行ってしまうなあということでしょ。わたしはね、ふわっとした春の空が浮《う》かぶの。鳥《とり》啼《な》き、で、頭の少し上あたりから、鳥の声が聞こえてくる。そしてそのあと、魚《うお》の目《め》は泪《なみだ》、でしょ。水のなかに行く。空から水のなかへ、ひゅうっと。大きな空から泪《なみだ》なんて小さなものに、きゅっと。なんて言ったらいいのかな、はっとさせられるの」

言いながら、詩音ちゃんははっとした。頰《ほお》がうっすら紅潮《こうちょう》している。

「ごめん。わたし、つい夢中《むちゅう》になって」

「あ、いや。ぼくにもわかる」

最初からそう思っていたわけじゃない。けれど、詩音ちゃんのことばを聞いて、詩音ちゃんが感じたものが見えてきたんだ。

「でも、やっぱりこの句《く》が素敵《すてき》なのは、魚《うお》の目《め》は泪《なみだ》、だよね。どうしてこんなことばを思いついたんだろう」

まったくだ。

「律くんは、俳句《はいく》が好きなの？」

「あ、うん、まあ」

「俳句《はいく》もいいよね。わたしも好き」

帰り道、源太に肩《かた》を押《お》された。

「中原といい感じだったよな」

そう、きょうはめでたい日だ。詩音ちゃんと熱く語りあった日。休み時間の十分くらいだったけど、ぼくには宝物《たからもの》のような時間。いまいち話に入ってこられなかった源太のために、ぼくは、本に書かれてあったことを話した。

「行《ゆ》く春《はる》や鳥《とり》啼《な》き魚《うお》の目《め》は泪《なみだ》、あの句《く》はさ、芭蕉《ばしょう》が長い旅に出るときに詠《よ》んだもので、その旅のことは、あとで『おくのほそ道』という本にまとめられるんだけど、とにかくそのとき芭蕉《ばしょう》は四十代も半《なか》ばで、自分の家というか、庵《いおり》を引《ひ》き払《はら》って、旅に出たんだ。それって覚悟《かくご》を感じるよな。実際《じっさい》、その旅は百五十日くらいかかったらしい。で、千住《せんじゅ》というところで、見送りに来てくれた友人や弟子《でし》たちと別れるんだけど、そのときのことを詠《よ》んだ句《く》。鳥や魚が、春が行ってしまうのを嘆《なげ》いているようにもとれるし、旅立つ芭蕉《ばしょう》を前にして、友人や弟子《でし》たちが別れを嘆《なげ》いているようにもとれる。惜別《せきべつ》の情《じょう》ってやつ？　実際《じっさい》にはこっちだよな。当時の旅ってかなり危険《きけん》で、芭蕉《ばしょう》も、見送りに来たひとたちも、もう二度と会えなかったかもしれないわけだし」

源太はむっつりとしたあと、こんなことを言った。

「おまえらの会話にさ、そういうの、ぜんぜん出てこなかったよな。ふたりとも、魚《うお》の目《め》は泪《なみだ》ってところばっか、話してただろ？」

ぼくは、あのときの詩音ちゃんを思い出して笑った。頬《ほお》が紅潮《こうちょう》していたっけ。たぶん、ものすごく真剣《しんけん》だったんだ。ぼくだって耳たぶのあたりが熱くなってたもんな。

「なあ、律。俳句《はいく》の意味に正解《せいかい》っていうのはないのか？」

「正解《せいかい》は、あるのかもしれないけど、でも、どんなふうに読んでもいいんだ。本には、鑑賞《かんしょう》は自由だって書いてあった。どう読むかは自由だって」

「まじか？」

「まじだ」

翌朝《よくあさ》、洗面台《せんめんだい》で、ぼくは奮闘《ふんとう》してい
た。どうやったら髪型《かみがた》が決まるか、手に
水をつけて試《ため》していたんだ。
「ははーん、あんた、恋《こい》をしてるね」
あとからやってきて、隣《となり》に立ったのは
姉ちゃんだ。
「頑張《がんば》りな。イモムシだって、いつか蝶《ちょう》
になる」
だれがイモムシだ、と言おうとしてや
めた。そのあと、蝶《ちょう》になると言ったよ
な。まあ、よしとするか。たいせつなの
は未来だ。いつか蝶《ちょう》になるというのは、
いつかぼくがイケメンになるということ

だろう。そう思えば、顔が笑う。

「でも、イモムシはやっぱりイモムシなのよね。残念なことに。蝶《ちょう》のからだを見れば、わかるでしょ？」

姉ちゃんの謎《なぞ》のようなことばが、ぼくにはわかってしまう。蝶《ちょう》の腹《はら》のあたりは限《かぎ》りなくイモムシに近い。しぼんだイモムシ。蝶《ちょう》の羽がどんなにきれいでも、腹《はら》はあのイモムシのままなんだよなあ。

「さ、早くそこをどいて」

どんと押《お》されて、ぼくはあえなく鏡の前から撤退《てったい》した。

悲しい。こんな姉をもつ弟はじつに悲しい。

そしてそのあと、ぼくはもっと悲しい事態《じたい》に遭遇《そうぐう》した。蝶《ちょう》が羽を生やしたイモムシに見えたんだ。ひらひらと舞《ま》う姿《すがた》も、イモムシの舞《まい》に見えてしまう。ことばのちからとは、じつに恐《おそ》ろしい。姉ちゃんが言ったことは考えないことにしよう。時間が経《た》てば、きっと以前のように蝶《ちょう》を眺《なが》められるだろう。

ぼくは図書室に行き、借りていた本を返し、つぎの本を探《さが》した。詩音ちゃんに俳句《はいく》が好きだと言った手前、ある程度《ていど》は知っておかねばならない。

図書室の先生が喜《よろこ》んでくれる。

「俳句《はいく》に興味《きょうみ》をもってくれたんだ。うれしいな。この本のなかにもいい句《く》がいっぱいあるわよ。きっと好きな句《く》に出会える」

先生が言ったとおり、ぼくはまた好きな句《く》を見つけた。

むまさうな雪《ゆき》がふうはりふはり哉《かな》　**小林一茶《こばやしいっさ》**

この句《く》も、耳元でささやかれたように、ことばがからだのなかに入ってきたんだ。いまの書きかたにすると、こうだ。

うまそうな雪がふうわりふわりかな

源太にも教えた。

「この句《く》、いいと思わないか」

「うまそうな雪って、ぼたん雪かな」

「うん。だな。あれ、滞空時間《たいくうじかん》が長いもんな」

源太が、石碑《せきひ》に刻《きざ》まれた句《く》をぼくに教えてくれることもある。

春風《はるかぜ》やまりを投《な》げたき草《くさ》の原《はら》

正岡子規《まさおかしき》

「まりは野球のボール。正岡子規《まさおかしき》って、野球が好きだったんだ」

ふうん。やわらかい春の風が吹《ふ》く原っぱを前にして、キャッチボールやりてえ、野球やりてえと思ったのかな。ぼくなら、春風《はるかぜ》やまりを蹴《け》りたき草《くさ》の

上野恩賜《おんし》公園（東京都台東区）内の正岡子規《まさおかしき》記念球場にある正岡子規《まさおかしき》の句碑《くひ》。

原《はら》、とするけどな。

「でな、律。その石碑《せきひ》が変わってる。石碑《せきひ》のなかに、これは野球のボールだなってわかる平たくて丸い石がうめこまれている。なんで野球のボールだとわかるかといえば、ボールの縫《ぬ》い目《め》が彫《ほ》られているから。で、ボールのなかにこの句《く》が彫《ほ》られてるんだ」

源太の興味《きょうみ》はあくまで石碑《せきひ》にあるらしく、イラストを描《か》いて説明する。

「面白《おもしろ》いね」

詩音ちゃんがイラストをのぞきこんだ。そう、ぼくらが俳句《はいく》の話を始めると、いつの間にか詩音ちゃんが加わっている。

そして、こんなことを言った。

「俳句《はいく》を俳句《はいく》と呼《よ》ぶようにしたのは子規《しき》だったかな」

「俳句《はいく》を俳句《はいく》と呼《よ》ぶ？」

ぼくと源太は同時に詩音ちゃんを見た。どういうこと？

「わたしもよくわからないんだけど、そのまえは俳諧《はいかい》と言っていたらしいの。五・七・五という発句《ほっく》をつくったら、つぎのひとが七・七をつくって、そのつぎのひとが五・七・五をつくって、そのまたつぎのひとが七・七、そんなふうにどんどん続けていって、ことば遊びをしたみたい。その発句《ほっく》、つまり、最初の五・七・五を文学まで高めたのが松尾芭蕉《まつおばしょう》で、発句《ほっく》を俳句《はいく》と呼《よ》ぶようにしたのが正岡子規《まさおかしき》。たしかそうだったと思う」

頭のなかでカチッと音がした。と思った。なんとなくレジェンドだと思っていた松尾芭蕉《まつおばしょう》は、そういうひとだったんだ。それともうひとつ。五と七。試《ため》しに、あの万葉集の歌を、指を折って数えてみた。梅柳《うめやなぎ》・過《す》ぐらく惜《お》しみ・佐保《さほ》の内《うち》に・遊《あそ》びしことを・宮《みや》もとどろに。五・七・六・七・七。ほぼ五・七・五・七・七だ。五と七は、日本人のなかにずうっと流れているリズムなのか。

ぼくと源太のなかに少しずつ俳句《はいく》が入り始めた。

その日、朝から教室には不穏《ふおん》な気配があった。

不穏《ふおん》の中心にいるのはカンナちゃんだ。ここ数日、カンナちゃんは異様《いよう》に静かだった。その静かさが教室のあちこちに、ひそひそ話をもたらしていた。そしていまカンナちゃんは、黒雲をまとったように暗い。休み時間も、じっと自分の席から動かず、声をかけないでという無言の声を全身から放っていた。

昼休み、そのカンナちゃんが動いた。椅子《いす》をガタンとさせて、詩音ちゃんの前の席にどすんとすわる。じっと詩音ちゃんを見つめる。にらみつけるように見つめる。

ぼくも源太も校庭に出ようとしていたけれど、浮《う》いた尻《しり》を椅子《いす》に戻《もど》した。

いったい、なにが始まる？

「ひどいよ、詩音ちゃん」

カンナちゃんが、つぶやくように言った。

「なにが」

詩音ちゃんもつぶやくようにたずねた。

「なにもかも。ひどいよ、ひどい、ひどい、ひどいっ」

カンナちゃんの声がしだいに大きくなり、教室にいたクラスメートはそっとふたりを見た。

「詩音ちゃんが教えてくれたあの短歌、あいつにラインで送ったの。重たくならないように、なんちゃってってつけて。そうしたら、返信がこなくなった。塾《じゅく》でも、あたしを避《さ》けているのがわかる。だから、あたし、つかまえて問いつめたの。なんで避《さ》けているのかって。ちゃんと話してくれなきゃわからないって。そうしたら、あいつ、なぜあんなものを送ってきたのかって。あたし、足ががくがくしてきたよ。でも、ひっしで答えた。気持ちを伝えたかったからだって。だって、だって、あの短歌、あたしの気持ちにぴったりだったんだもん。そしたら、あいつ、そしたら、あいつ」

カンナちゃんは声をつまらせた。

「あいつ、うっすら、笑ったの。なら、せめて、自分のことばで言ってみろよって。あれ、おまえのじゃ、ないだろって」

カンナちゃんは泣いていた。涙《なみだ》をぬぐおうともせず、怒《いか》りを込《こ》めた目で泣いていた。

たとへば君《きみ》　ガサッと落葉《おちば》すくふやうに私《わたし》をさらつて行《い》つてはくれぬか

あの短歌をラインで送ったのか。なんちゃって、とつけて。

たぶん相手はどきっとしただろう。あわてもしただろう。

詩音ちゃんはうつむいた。

自分の責任《せきにん》だと思ったのだろうか。でも、詩音ちゃんの責任《せきにん》なんかじゃない。おかしいのは、そいつだ。どんなにどきっとしても、あわてたとしても、つきあっている女の子に、そんなことを言うなんて。カンナちゃん、そんなやつは、やめておけ。ろくでもないやつだ。そんなやつは、きみのほうから振《ふ》ってやれ。

源太を見れば、真っ赤な顔をしていた。怒《おこ》っているんだ。そうだ、源太、もっと怒《おこ》れ。そんなやつは、大馬鹿野郎《やろう》だと言ってやれ。

うつむいていた詩音ちゃんが顔をあげた。

「どうしたい？」

カンナちゃんにきく。

「あいつをぎゃふんと言わせたい」

カンナちゃんはやっと涙《なみだ》をぬぐった。

詩音ちゃんはうなずいた。

「うん。言わせよう」

どうやって？

「そのひとに、カンナちゃんの短歌をたたきつけてやろう」

まじか？

カンナちゃんは大きくうなずいた。

「詩音ちゃん、あたしに短歌を教えて」

「ごめん。わたしもつくったことがないの。でも、いっしょにやろう。わたしもつくるから、カンナちゃんもつくろう。そして、これぞというカンナちゃんの短

歌ができたら、そのひとに、たたきつけてやろう」

カンナちゃんはうなずきながらも、なにかを考えているみたいだった。そして、ちらりとぼくらを見ると、微笑《ほほえ》んだ。

「律くんと源太くんも、いっしょにやろう。あたしたちの話を聞いてたんでしょ？」

「あ、いや、その」

しどろもどろになる。

「あたしね、いま、自信をなくしているの。これ以上なくすわけにいかないの。ふたりがいっしょなら、取《と》り戻《もど》せる気がする」

ぼくらをじっと見る。それはつまり、ぼくらがつくるヘボ短歌が、いまのカンナちゃんに必要ということか？

答えられずにいると、カンナちゃんは声を強めた。

「ふたりとも、詩音ちゃんと短歌の話、よくしてたじゃないっ」

よくはしていない。たまにだ。それに。

「あれは俳句《はいく》」

訂正《ていせい》する。

「俳句《はいく》だって短歌だって同じようなものでしょっ」

いや、違《ちが》うだろ。

「いいよ、やる」

源太が言った。

「よかった。律くんもいいよね」

カンナちゃんは手を緩《ゆる》めない。

こうなったら、うなずくしかなかった。

詩音ちゃんがにこっとする。

「じゃあ放課後、どんなふうにやるか決めよう」

だれもいなくなった教室で、ぼくらは頭を寄《よ》せあった。

「わたしとカンナちゃんは短歌をつくるけど、律くんと源太くんは、俳句《はいく》でも短歌でも、どっちでもいいことにしよう。つくりたいほうをつくる」

詩音ちゃんのことばに、ほっとした。短歌なんかつくったことがない。俳《はい》句《く》のほうがまだましだ。

「きょうは金曜日でしょ。とりあえず、月曜の放課後までに、つくってこよう。そしてつくったものを発表して、おたがいに感想を言いあうの。そうすれば、きっと上達する。それを毎週やろう。カンナちゃんの短歌ができるまで。ここまで、なにかあるかな？」

詩音ちゃんがぼくらを見る。

「一種のクラブ活動のようなものよね。なら、名前があったほうがよくない？」

カンナちゃんが言う。楽しそうに見えなくもない。

毎週、月曜にやるなら。

「月曜クラブとか？」

ぼくが提案《ていあん》する。

「ぱっとしねえな」

源太がぼやく。

「こうしたらどうかな」

詩音ちゃんが黒板に書いた。

月曜倶楽部《クラブ》

クラブを漢字で書くと倶楽部《クラブ》か。なんか、かっこいい。そう思ったのは源太もカンナちゃんも同じで、すぐに名前はこれに決まった。

「漢字で書くか、ひらがなで書くか、カタカナで書くか、だいじだよね。雰《ふん》囲気《いき》が変わるもの。これ、短歌や俳句《はいく》でも同じだと思う」

詩音ちゃんの目がきらりとする。

「短歌と俳句《はいく》について、わたしが知っていることを伝えるね。まず、短歌は五・七・五・七・七のリズムをもった三十一音の詩。俳句《はいく》は五・七・五のリズムをもった十七音の詩。そうではないものもあるけれど、基本《きほん》はこれ。あとは、短歌には季語が必要じゃないけれど、俳句《はいく》には原則《げんそく》、必要。きょうは六月十一日だから、季語は夏になるね」

「夏？　夏休みまで、まだだいぶあるぞ」

源太がぼそりと言う。

「俳句《はいく》では、立夏《りっか》を過《す》ぎれば夏になるの。どんな季語があるかは、歳時記《さいじき》を見ればわかるよ」

歳時記《さいじき》か。図書室の本棚《ほんだな》にはなかったな。

歳時記《さいじき》と二十四節気《にじゅうしせっき》

俳句《はいく》は「季語」という特定の季節を表す言葉を入れる必要があります。たとえば、「花」は春を表す季語、「雪」は冬を表す季語です。この季語を集めて分類・解説《かいせつ》したものが「歳時記《さいじき》」で、季語を調べる辞書のようなものです。

「二十四節気《にじゅうしせっき》」は春夏秋冬の４つの季節を、それぞれ６つに分けて表した言葉です。詩音が話していた「立夏《りっか》」は、夏の始まりを表す言葉で、５月６日ごろを指します。

春	立春《りっしゅん》	春の始まり。寒さがやわらぎ始めるころ	2月4日ごろ
	雨水《うすい》	雪が雨へと変わり、雪解《ゆきど》けが始まるころ	2月19日ごろ
	啓蟄《けいちつ》	土中で冬眠《とうみん》をしていた生き物たちが土から出るころ	3月6日ごろ
	春分《しゅんぶん》	昼と夜が同じ長さになる	3月21日ごろ
	清明《せいめい》	すがすがしい春の息吹《いぶき》を感じるころ	4月5日ごろ
	穀雨《こくう》	穀物《こくもつ》に雨が降《ふ》り、水分と栄養がためこまれるころ	4月20日ごろ
夏	立夏《りっか》	夏の始まり	5月6日ごろ
	小満《しょうまん》	あらゆる生命が満ちていくころ	5月21日ごろ
	芒種《ぼうしゅ》	稲《いね》や麦などの種をまくころ	6月6日ごろ
	夏至《げし》	1年でもっとも昼の時間が長くなる	6月22日ごろ
	小暑《しょうしょ》	暑さが本格的《ほんかくてき》になるころ	7月8日ごろ
	大暑《たいしょ》	1年でもっとも暑さがきびしくなるころ	7月23日ごろ
秋	立秋《りっしゅう》	秋の始まり	8月8日ごろ
	処暑《しょしょ》	夏の暑さがやわらぐころ	8月24日ごろ
	白露《はくろ》	草花に朝露《あさつゆ》がつき、白く光って見えるころ	9月8日ごろ
	秋分《しゅうぶん》	春分と同じように、昼と夜の長さが同じになる	9月23日ごろ
	寒露《かんろ》	露《つゆ》が寒さで凍りそうになるころ	10月9日ごろ
	霜降《そうこう》	朝、霜《しも》がおり始めるころ	10月24日ごろ
冬	立冬《りっとう》	冬の始まり	11月8日ごろ
	小雪《しょうせつ》	すこしずつ雪が降《ふ》り始《はじ》めるころ	11月23日ごろ
	大雪《たいせつ》	雪が激《はげ》しく降《ふ》るころ	12月8日ごろ
	冬至《とうじ》	1年でもっとも昼の時間が短くなる	12月22日ごろ
	小寒《しょうかん》	「寒《かん》の入《い》り」ともいい、寒さがきびしくなり始めるころ	1月6日ごろ
	大寒《だいかん》	1年でもっとも寒さがきびしくなるころ	1月20日ごろ

※二十四節気《にじゅうしせっき》は、昔の中国でつくられたものなので、日本の実際《じっさい》の気候とは合っていません。

「あと……、短歌と俳句《はいく》は、数えかたが違《ちが》う。短歌は一首、二首。俳句《はいく》は一句《く》、二句《く》。それから……、うん、これがいちばん大きな違《ちが》いかも。短歌は、自分がどう思ったか、どう感じたか、だからどうした、どうしてほしいをはっきりと、ことばにするの。そうじゃないと、物足りなくなってしまう。でも俳句《はいく》でそれをやると、言《い》い過《す》ぎになってしまう。俳句《はいく》はたぶん、余白《よはく》をたいせつにするんだと思う」

詩音ちゃんが言ったことを考えた。

咳《せき》をしても一人《ひとり》

行《ゆ》く春《はる》や鳥《とり》啼《な》き魚《うお》の目《め》は泪《なみだ》

むまさうな雪《ゆき》がふうはりふはり哉《かな》

春風《はるかぜ》やまりを投《な》げたき草《くさ》の原《はら》

どの句《く》にも、だからどうした、どうしてほしい、はない。春風の句《く》だって、まりを投げたい草の原、っていうだけだ。けど短歌には、

梅柳《うめやなぎ》過《す》ぐらく惜《お》しみ佐保《さほ》の内《うち》に遊《あそ》びしことを宮《みや》もとどろに

たとへば君《きみ》　ガサッと落葉《おちば》すくふやうに私《わたし》をさらつて行《い》つてはくれぬか

宮中が大騒《おおさわ》ぎになった、私《わたし》をさらって行ってほしいと、だからどうした、どうしてほしい、があった。

「律くん、ほかになにか、つけ加えることあるかな」

「あ、いや。ない」

「じゃあ、あとはつくるだけだね。頑張《がんば》ろう」

カンナちゃんの顔から、さっきの楽しそうに見えなくもない表情《ひょうじょう》が消えていた。気持ちが不安定になっているのかな。それとも、いざつくるとなると、できるかどうか不安になったんだろうか。だいじょうぶ。きみならつくれる。だからどうした、どうしてほしいって、言えばいいんだよ。


帰り道、ぼくは源太にきいた。

「俳句《はいく》と短歌、どっちにする?」

「俺《おれ》、どっちもつくれねえよ」

きっぱりやると言ったくせに、源太は大きなため息をつく。

「俳句《はいく》にしようぜ。俳句《はいく》のほうが短いもん」

「けど、季語を入れなきゃいけないんだろ? どんな季語があるかなんて、俺《おれ》、知らねえし」

「歳時記《さいじき》は、たぶん姉ちゃんの本棚《ほんだな》にあるから、そのうちくすねる。それまでは『夏』でいこうぜ」

源太の顔が、ん？　となる。

「『夏』は絶対《ぜったい》夏の季語だろ？　季語は季節を表すことばなんだから」

「そうか。たしかにな。でもなあ……」

ぐずぐずと浮《う》かない顔をする。

「俳句《はいく》のほうがいいって。俳句《はいく》なら季語が助けてくれるっていうし」

源太がぼくを見る。どういうことだと、顔が言っている。

季語が俳句《はいく》を助けてくれるというのは本に書いてあったことだ。あれをどう言ったら、源太にわかってもらえるだろう。頭をフル回転させた。

「『春』『夏』『秋』『冬』は季語。それはいいだろ？」

源太がふむとうなずく。

「『春』『夏』『秋』『冬』だけじゃ、ぴんとこないかもしれないけど、たとえば、朝、ということばを加えてみる。春の朝、夏の朝、秋の朝、冬の朝。どう？　頭のなかに、違《ちが》うイメージがわくだろ？」

源太が大きくうなずく。

「これが季語のちから。説明しなくても説明してくれる。季語が勝手に説明してくれる。イメージを浮《う》かび上《あ》がらせるって言ったほうがいいのかな。季語が俳句《はいく》を助けてくれるというのは、そういうこと。たぶんな。こんどの月曜は『夏』でいこう。夏の朝、夏の午後、夏の夕、夏の空、なんだっていい。これだけで五音かせげるだろ。残り十二音つくればいい。夏の校庭なら七音だから、十音つくればいい」

「夏の校庭か……」

源太がにやりとする。

「できそうな気がしてきた」


しかし、現実《げんじつ》は厳《きび》しかった。

週明けの月曜の放課後。

ぼくらのつくった俳句《はいく》はヘボかったし、カンナちゃんはうなだれていた。つくれなかったんだ。

詩音ちゃんが声を明るくした。

「ねえ、いまカンナちゃんのなかにある思いを、声にしてみて。なんでもいいよ。なんでも」

カンナちゃんはうつむいたまま、つぶやいた。

「自分が情《なさ》けない……。情《なさ》けないなんて言いたくないけど……でも、情《なさ》けない」

詩音ちゃんは黒板にカンナちゃんのつぶやきを書き記した。そして、にこっとした。

「ほら、ほとんどできてる。カンナちゃんの短歌」

詩音ちゃんは、カツカツとチョークの音をたてて書いた。

情《なさ》けないなんて言いたくないけれど情《なさ》けないとつぶやいてしまう

「五・七・五・七・七から少し外れるけど、ちょうど三十一音だよ。リズムだってわるくない」

ぽかんと見ていたカンナちゃんが、ほんとだと驚《おどろ》いた。

もちろん、ぼくらも驚《おどろ》いた。

目の前で短歌がひとつできたんだ。

ちなみに、源太とぼくが黒板に書いた俳句《はいく》はこれだ。

あんな石あればいいなと思う夏　源太

最悪な姉ちゃんがいる夏の朝　律

どっちも五・七・五になっているし、季語も入っている。俳句《はいく》のルールは守っている。でも詩音ちゃんとカンナちゃんに、これどういう意味？　とつっこまれ、ぼくらはもごもごと答えた。源太は、あんな石とは中原が言ったあの万葉集の歌が刻《きざ》まれた石碑《せきひ》のことであり、それが校庭にあればいいのにという意味だと語り、ぼくは、イモムシと蝶《ちょう》についての姉ちゃんの見解《けんかい》と、それにまつわるぼくの不幸を語った。ぼくらの答えに、ふたりはけらけらと笑った。まあ、笑ってくれればそれでいいか。詩音ちゃんは自分の短歌を書かなかったけど、ぼくらはそのことについてなにも言わなかった。詩音ちゃんのことだ。なにか考えがあるんだろう。

ぼくらは、それぞれに頑張《がんば》った。ぼくと源太は、ぼくが姉ちゃんの本棚《ほんだな》から引《ひ》っこ抜《ぬ》いてきた歳時記《さいじき》をぺらりぺらりとめくった。カンナちゃんと詩音ちゃんは、休み時間にノートを広げてやりとりしていた。

そして二回目の月曜日。

カンナちゃんが黒板に書いた短歌に、ぼくと源太の目は釘付《くぎづ》けになった。

どこまでも恨《うら》んでやると思うのに思えば思うほどつらくなる

「どう思う？」

どこまでも
恨んでやると
思うのに
思えば思うほど
つらくなる

詩音ちゃんにきかれ、ぼくはすぐには答えられなかった。「たとへば君《きみ》」の河野《かわの》裕《ゆう》子《こ》さんの短歌に感じたのと同じような衝《しょう》撃《げき》、恋《こい》する気持ちの強さのようなものにたじたじとなったんだ。

「気持ちが伝わってくる」

やっと、そう答えた。それはほんとうだ。カンナちゃんの気持ちが手に取るように伝わってくる。なぜこんなにも自分の気持ちをさらけだせるんだろう。思えば、カンナちゃんはいつだって気持ちを表に出していた。ひとに知られることを厭《いと》わなかった。ひるまなかった。強いな、と思う。

「源太くんはどう？」

詩音ちゃんが源太にきく。

「誠実《せいじつ》、だと、思う」

どういう意味？　というように、詩音ちゃんが源太を見る。

誠実《せいじつ》ということばがなぜ出てきたのか、ぼくにもわからなかったし、言われたカンナちゃんも戸惑《とまど》っていた。

源太はもごもごと説明した。まとめれば、こんなことを。この短歌には、正直な気持ちが込《こ》められている。自分に対して正直になれるということは、自分に対して誠実《せいじつ》になれるということであり、それはひとに対しても誠実《せいじつ》になれるということだ。自分に対して誠実《せいじつ》になれないやつが、ひとに対して誠実《せいじつ》になんかなれる

わけがない。この短歌には、その誠実《せいじつ》さがあると。

「うん。そうだね。そのとおりだね。どうする?」

詩音ちゃんがカンナちゃんにきく。この短歌を、あいつに渡《わた》すか、と。

カンナちゃんは泣くのをひっしにこらえているように見えた。

ぼくらは待った。

ようやく、カンナちゃんは首を横にふった。

「あと一回、やらせて」

ぼくらは黙《だま》ってうなずいた。

ちなみに、ぼくらの短歌や俳句《はいく》はこうだ。


まっすぐな強い眼差《まなざ》しもつひとよ太陽見上げ太鼓《たいこ》を叩《たた》け　詩音

苔《こけ》むした石碑《せきひ》が眠《ねむ》る夏の道　源太

ドリブルをしているときは夏とまる　律

カンナちゃんは詩音ちゃんに、これ、あたし？　ときき、詩音ちゃんがにこっとすると、太陽を見上げたらまぶしいよ、目にわるいよとつっこんだ。源太の句《く》は、詩音ちゃんにもカンナちゃんにも好評《こうひょう》で、詩音ちゃんは、それ山道？　とたずね、カンナちゃんは、そんな道、歩いてみたいかもと言った。源太は得意顔《とくいがお》でぼくを見る。いったい、こいつ、いつの間にうまくなったんだ？　ビギナーズラックとしか思えない。

ぼくの句《く》は、ドリブルをしているときはドリブル以外のことは消えてなくなるという意味だけど、詩音ちゃんに、意味はわかるけど、ちょっと説明的かな、それに季語が生きていないかもと言われてしまった。ふう、難《むずか》しい。

そして三回目の月曜日。
ぼくらは黒板に、それぞれの短歌や俳句《はいく》をチョークで書いた。
カンナちゃんが書いたのはこれ。

ありがとうとは言えないよ　でもいつか思い出になる思い出にする

「これを渡《わた》そうと思う」

カンナちゃんのことばに、ぼくらはうなずいた。

ちなみにぼくらがつくったのはこれ。

ソーダ水ひとつひとつが昇《のぼ》りゆく　詩音

もういいよ　だれかの声が夏の夕　源太

目を細めゴールを狙《ねら》う青嵐《あおあらし》　律

詩音ちゃんは短歌じゃなく俳句《はいく》を出した。ぼくはこれを読んだとき、コップに注がれたソーダ水が浮《う》かんだ。小さな泡《あわ》がコップのなかを昇《のぼ》ってゆく。しゅわしゅわといっせいに昇《のぼ》っていくものもあれば、コップの底から立ち去りがたいように、ぽつり、ぽつりと昇《のぼ》っていくものもある。そのどれもが、それぞれの道をたどって昇《のぼ》っていく。ひとつひとつの泡《あわ》は、ひとつひとつの思いなのかもしれない。詩音ちゃんはだれよりもカンナちゃんの気持ちを知っていたから、この句《く》をつくったような気がする。

ぼくがいちばん驚《おど》ろいたのは源太の句《く》だ。

もういいよ　だれかの声が夏の夕

だれかの声とは、だれだろう。きいたけど、源太は答えなかった。路地裏《ろじうら》でかくれんぼをする子どもの声だろうか。もういいかい、まあだだよ、もういいかい、もういいよ、という声。夕方になれ

ば、かくれんぼはおしまいだ。だからこれが最後の、もういいよ、かもしれない。終わったら、家に帰ろう。ご飯が待っている。そんなふうにもとれる。ひょっとしたら、神さまの声というのもありか。「もういいよ」とカンナちゃんに呼《よ》びかける神さまの声。源太は神さまに、そう言ってほしかったのかもしれない。どっちにしても、やさしい。こんなやさしいことば、絶対《ぜったい》に面と向かっては言えない。言えるやつもいるかもしれないけど、源太には言えない。俳句《はいく》だから言えたんだ。ぼくはそう思った。

目を細めゴールを狙《ねら》う青嵐《あおあらし》

ぼくが意識《いしき》したのは、詩音ちゃんに言われたふたつ。説明的にならないこと、季語をよく考えること。季語はただ入れればいいってもんじゃないんだな。で、歳時記《さいじき》をめくって、この季語を見つけたとき、ああ、これならわかると思った。「青嵐《あおあらし》」とは、青葉のなかや夏の青空の下を吹《ふ》きわたる強い風のこと。あれが吹《ふ》くと校庭の土が巻《ま》き上《あ》げられ、目に入って痛《いた》い。でもシュートは決めたいから、目を思い切り細め、ゴールの一隅《いちぐう》だけを見つめ、ボールを蹴《け》るんだ。するっと句《く》ができた。カンナちゃん、決めてやろうぜ、シュート。

それから数日後。

カンナちゃんがあいつに短歌を渡《わた》す日がきた。ラインで送るのではなく、便箋《びんせん》にあの一首だけを書き、渡《わた》すのだという。ぼくらは、なんとか理由をつけて、夜、家を抜《ぬ》け出《だ》し、カンナちゃんが塾《じゅく》から出てくるのを待った。出口で渡《わた》すと聞いたからだ。

「あ、来た」

詩音ちゃんが小さな声で言う。

カンナちゃんが、背《せ》の高いだれかに駆《か》け寄《よ》り、二言、三言話しかけ、ポケットから封筒《ふうとう》を取り出したように見えた。そしてしばらくして、ぼくらのほうへと走ってきた。

「どうだった？」

詩音ちゃんがたずねる。

「渡《わた》した。あいつ最初、ポケットに手をつっこんだままで、それ何だよって封筒《ふうとう》を見たの。だから、言ってやった。あたしのことばで、あたしの気持ちを書いた。あたしの短歌をつくったんだって。あいつ、目をうろうろさせたから、もっと言ってやった。あんたが言ったんでしょ。自分のこ

とばで言ってみろよって。

だからつくったんだよ、読んでって」

詩音ちゃんがカンナちゃんの腕《うで》にふれる。

「だいじょうぶ？」

「うん、だいじょうぶ。すっきりした。あたしから、さようならって言ったよ。ちゃんと言えた。さようならって」

「そっか」

それからぼくらは近くの公園に入り、ぼんやりと空を眺《なが》めた。満天の星ならいいけど、頭の上にあるのはわずかな星だ。

「数えようよ」

カンナちゃんが言う。

「二十三」

すぐに数え始めた源太が答える。

「二十四じゃない？」

詩音ちゃんの声。

「ふえたのかな」

「ほら、律くんも数えて」

ぼくらは指をさしながら星を数えた。

「ありがと」

カンナちゃんがつぶやく。

「あたし、短歌をつくってよかった。つくるとね、それまでもやもやしていたものが、はっきりとしたカタチになるの。そうするとね、これはこういうものだったのかって眺《なが》められる。たとえそれが、いやなものや、つらいものであったとしても、ああ、こういうものだったのかって。そして、しまえるの。胸《むね》のなかに」

「うん。わかる。その感じ」

詩音ちゃんが言う。

ぼくも同じだったかもしれない。たとえばこれ。

目を細めゴールを狙《ねら》う青嵐《あおあらし》

強い風のなかでシュートするときは、この句《く》が頭をよぎるような気がする。それは、この句《く》がぼくのなかにしまわれた、ということだよな。

おはなし
日本文化
ひとくちメモ

短い言葉に思いをのせて詠《よ》まれ続《つづ》けてきた短歌と俳句《はいく》

**短歌は 31 音、俳句《はいく》は 17 音。
決まった音数の制約《せいやく》があるからこそ、
日本人は凝縮《ぎょうしゅく》した美しさを表現《ひょうげん》してきたのです。**

短歌から生まれた俳句《はいく》

「和歌《わか》」という言葉を聞いたことがあると思います。これは、中国の「漢詩《かんし》」に対し、日本語の詩をさす言葉で、短歌のほかに、五・七を三回以上くりかえし、最後を七音でしめる「長歌《ちょうか》」などがあります。しかし平安時代以降《いこう》、短歌以外の和歌はほとんど詠《よ》まれなくなり、和歌といえば短歌のことをさすようになりました。

短歌は、上《かみ》の句《く》（五・七・五）と下《しも》の句《く》（七・七）を別々の人がくり返して詠《よ》む「連歌《れんが》」となって、鎌倉《かまくら》時代には庶民《しょみん》の間にも流行します。これが「俳諧《はいかい》」と呼《よ》ばれるようになり、江戸《えど》時代には季語を入れた上《かみ》の句《く》だけを詠《よ》むようになりました。そして、明治時代になって正岡《まさおか》子規《しき》がこれを「俳句《はいく》」と呼《よ》び始《はじ》めたのです。

ですから、俳句《はいく》は短歌から生まれたともいえます。

三大歌集と小倉百人一首《おぐらひゃくにんいっしゅ》

本文に出てきた『万葉集《まんようしゅう》』のあとにも、たくさんの歌集がまとめられました。とくに天皇《てんのう》や上皇《じょうこう》の命令でまとめられた『古今和歌集《こきんわかしゅう》』『新古今和歌集《しんこきんわかしゅう》』が有名で、この三つを「三大歌集」と呼《よ》びます。

もうひとつ、みなさんにもなじみの深い歌集に『小倉百人一首《おぐらひゃくにんいっしゅ》』があります。百人の歌人の和歌をひとりにつき一首ずつ選んだ歌集で、かるたとして親しまれています。

三大歌集と小倉百人一首《おぐらひゃくにんいっしゅ》

書名	成立時期	選者	歌数
万葉集《まんようしゅう》	奈良時代末期	大伴家持《おおとものやかもち》など	約 4500 首
古今和歌集《こきんわかしゅう》	平安時代初期	紀貫之《きのつらゆき》など	約 1100 首
新古今和歌集《しんこきんわかしゅう》	鎌倉《かまくら》時代初期	藤原定家《ふじわらのていか》など	約 2000 首
小倉百人一首《おぐらひゃくにんいっしゅ》	鎌倉《かまくら》時代初期	藤原定家《ふじわらのていか》	100 首

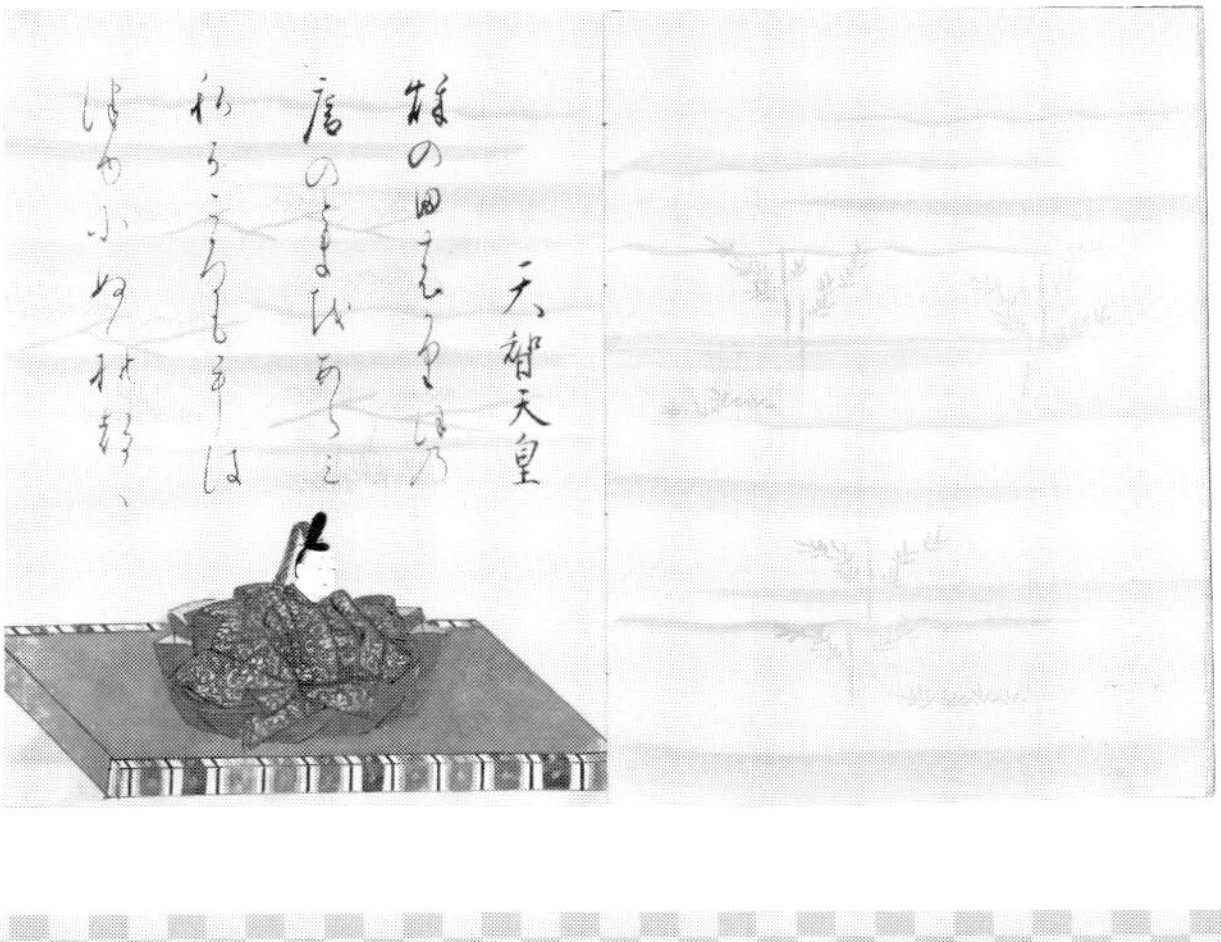

絵本百人一首《えほんひゃくにんいっしゅ》（清閑寺熙定筆《せいかんじひろさだひつ》）
百人一首にそれぞれの歌人の絵をつけた絵本で、江戸《えど》時代前期に作られたとみられる。写真は天智天皇《てんちてんのう》と「秋の田のかりほの庵《いお》の苫《とま》をあらみわが衣手《ころもで》は露《つゆ》にぬれつつ」の歌。
出典：刀剣ワールド財団

『おくのほそ道』松《まつ》尾《お》芭《ば》蕉《しょう》の足どり

※日付は原文の旧暦《きゅうれき》による。（）内は新暦《しんれき》。

江《え》　戸《ど》出発	3月27日（5月16日）
日《にっ》　光《こう》	4月1日（5月19日）
仙《せん》　台《だい》	5月4日（6月20日）ごろ
平《ひら》　泉《いずみ》	5月12日（6月28日）ごろ
立石《りっしゃく》寺《じ》	5月27日（7月13日）
酒《さか》　田《た》	6月13日（7月29日）ごろ
金《かな》　沢《ざわ》	7月15日（8月29日）ごろ
敦《つる》　賀《が》	8月14日（9月27日）ごろ
大《おお》　垣《がき》	8月29日（10月12日）ごろ

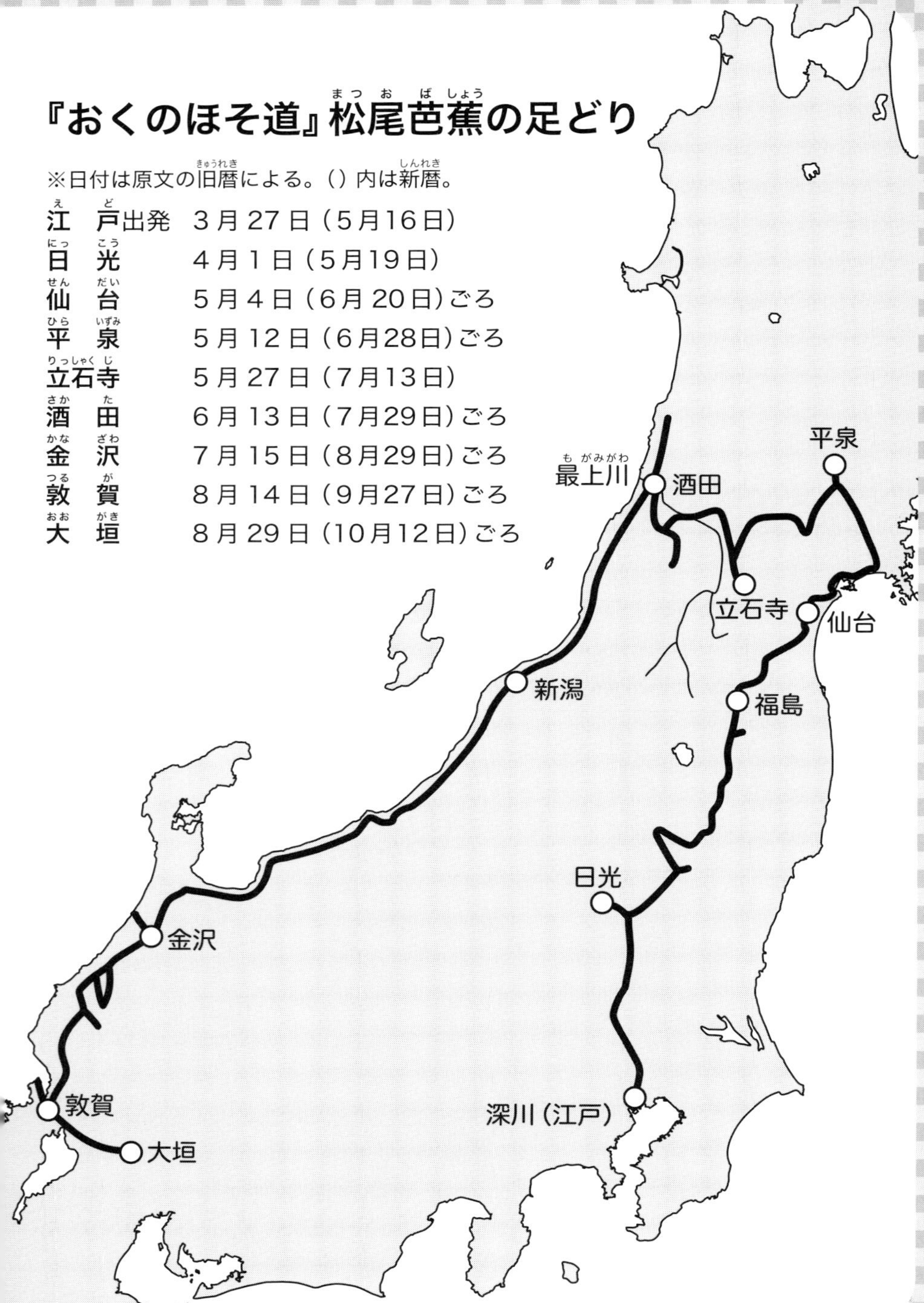

松《まつ》尾《お》芭《ば》蕉《しょう》と『おくのほそ道』

松《まつ》尾《お》芭《ば》蕉《しょう》（一六四四～一六九四年）は、「蕉風《しょうふう》」という独自《どくじ》の作風を打ち立て、俳諧《はいかい》を芸術《げいじゅつ》にまで高めたと言われます。

芭蕉《ばしょう》の作品のなかでもっとも有名なものが『おくのほそ道』です。元禄《げんろく》二（一六八九）年三月（新暦《しんれき》五月）に江《え》戸《ど》を出発し、東北・北陸地方をめぐり、大垣《おおがき》（岐阜県）までの約百五十日間の旅を記した紀行文《きこうぶん》で、数々の名句《めいく》が生まれました。

『おくのほそ道』の名句《めいく》

夏草や兵《つわもの》どもが夢《ゆめ》の跡《あと》

〈平泉《ひらいずみ》にて〉かつて源義経《みなもとのよしつね》を守るために戦った勇士《ゆうし》たちの功名《こうみょう》も、いまは夏草が茂《しげ》るだけであとかたもない。

閑《しず》かさや岩にしみ入る蟬《せみ》の声

〈立石寺《りっしゃくじ》にて〉ああ、なんて閑《しず》かなんだろう。蟬《せみ》の声も岩の中にしみ入っていくようだ。

五月雨《さみだれ》をあつめて早し最上川《もがみがわ》

〈最上川《もがみがわ》にて〉降《ふ》り続《つづ》く五月雨《さみだれ》（梅雨《つゆ》の雨）を集めた最上川の流れはなんて早いんだろう。

森埜こみち｜もりの こみち

岩手県生まれ、秋田県育ち、埼玉県在住。東京学芸大学教育学部特殊教育学科卒業。第19回ちゅうでん児童文学賞大賞を受賞した『わたしの空と五・七・五』(講談社)でデビュー。同作で第48回児童文芸新人賞を受賞。『蝶の羽ばたき、その先へ』(小峰書店)で、第17回日本児童文学者協会・長編児童文学新人賞、および第44回日本児童文芸家協会賞を受賞。おもな作品に『おはなしSDGs 飢餓をゼロに 走れトラック、ねがいをのせて!』『すこしずつの親友』『彼女たちのバックヤード』(以上、講談社)、『どすこい!』(国土社)、『銀樹』(アリス館)、『世界に挑む! デフアスリート 聴覚障害とスポーツ』(ぺりかん社)などがある。

くりたゆき

漫画家・イラストレーター。児童向け書籍の装画・挿絵などを中心に活躍中。おもな作品に『波あとが白く輝いている』(講談社)、『13歳からの対話力』(くもん出版)、『10代から身につけたい「伝える力」』(PHP研究所)、『学校に行かない僕の学校』(ポプラ社)などがある。

参考資料

・『たとへば君　四十年の恋歌』河野裕子・永田和宏／著（文藝春秋）

おはなし日本文化《にほんぶんか》　短歌《たんか》・俳句《はいく》

月曜倶楽部《げつようクラブ》へようこそ！

2024年11月26日　第1刷発行

作　森埜《もりの》こみち

絵　くりたゆき

発行者　安永尚人

発行所　株式会社講談社

〒112-8001 東京都文京区音羽2-12-21

電話　編集 03-5395-3535

販売 03-5395-3625

業務 03-5395-3615

印刷所　共同印刷株式会社

製本所　島田製本株式会社

KODANSHA

N.D.C.913 79p 22cm ©Komichi Morino / Yuki Kurita 2024 Printed in Japan ISBN978-4-06-537232-6

ブックデザイン／脇田明日香　コラム／編集部